UNOHDETUT
JA MUITA KIRJOITUKSIA

Helli Karimus

UNOHDETUT

JA MUITA KIRJOITUKSIA

Unohdetut ja muita kirjoituksia
© 2020 Helli Karimus
Julkaisija: Books on Demand, Helsinki, Suomi
Valmistaja: Books on Demand, Norderstedt, Saksa
Julkaisuvuosi 2020
Tekijä: Helli Karimus
ISBN 978-952-802-410-1

Unohdetut

Kauan sitten unohdetut vanhukset ovat vanhainkodissa, jossa makaavat päivänsä yksin, välillä ovat oleskeluhuoneessa. Puhetta ei paljon tule. On vain yksinäisyys, jota seuraa toisen päivän yksinäisyys. Kolkkoa katseltavaa vaikka kenestä. Tv:stä tulee jotain ohjelmaa, ja sitä vähän katsellaan. Radiokin on osastolla.

Ollaan vanhainkodissa, missä toinen yksinäinen kohtaa toisen yksinäisen. Joskus joitakuita käyvät katsomassa omaiset, tuovat vanhuksen huoneeseen jotain pientä ja kukkia, jotka lakastuvat nekin, kuin muistutuksena nuoruuden päivistä, jolloin itse kukoisti ja jaksoi käydä tanssimassa: se oli vientiä se. Martha-nimisellä naisella riitti nuorena sulhasia. Silti yksi ainoa oli mielessä: Aarre, jonka kuvaa hän säilytti yöpöydän päällä. Aarre on aikapäiviä sitten kuollut. Marthan lapset Sulo-nimisen miehen kanssa olivat jo maailmalla, omat perheet heilläkin. Joskus he käyvät Marthaa katsomassa, se onkin ilon päivä se. On vähän vaihtelua, ja onhan ihana nähdä lapsia ja lapsenlapsia. Tytär laittaa kahvia, ja tarjottavaa on, kaikki on vähän aikaa hyvin. Kunnes taas palaa normaali arki pesuineen, ruokailuineen. Sellaista se on yksinäisen vanhuksen arki. Niin monen vanhuksen, jonka elämässä on hyvin vähän iloja.

Syntymäpäivät vietetään osastolla. Lapset ja lapsenlapset tulevat käymään. Martha saa kortin ja lahjoja, jotain pientä. Villasukat sentään ja kerrasto, tyyny, kaikenlaista. Lapset ja lapsenlapset kylässä, niin juhlitaan, arki unohdetaan. Mummo sai konjakkipullon, mistä ottaa vähäsen.

Osastonhoitaja kävi onnittelemassa, toisetkin vanhukset onnittelevat minkä kykenevät, monella on puhelahja heikentynyt. Puhe ei kulje, kävely ei suju, monet eivät kykene itse syömään. Saati sitten peseytymään. Moni on pyörätuolipotilas, toisilla on rollaattori. Joidenkuiden arki kuitenkin sujuu helpommin. Selviävät itse, kun vähän autetaan. Arkeen ei tule paljon muutoksia. Hoitajat yrittävät kehittää jotain toimintaa. Käsitöitä tekevät ja askartelevat ne, jotka kykenevät.

Monen ikä lähenteli kahdeksaakymmentä, yhdeksääkymmentä, sataa vuotta, enimmäkseen seitsemästäkympistä eteenpäin. Jotkut joutuivat vanhainkotiin huonon kunnon ja terveydentilan takia sekä myös iän ja sen tuomien sairauksien myötä. Monet aika oli aikaa sitten jättänyt. Monet odottivat vain kuolemaa, mutta yhtä monilla toivo elämästä kukki rinnassa, heikkokin, toivo silti. Toiset olivat toivottomia ja tyytyivät jotenkuten oloonsa. Toiset valittivat kaikesta, toiset eivät välittäneet kivuista, olivat niin tottuneet niihin kipuihinsa, kun toisilla oli kummasti toivon kipinä elämässä mukana. Jotkut olivat uskovaisia, lukivat raamattua, hiljentyivät välillä rukoukseen. Se oli merkki paremmasta huomisesta heille.

Elämä ei silti ollut helppoa heille, sillä monet oli unohdettu. He olivat osastolle unohdettuja, joutuivat yksin jäämään.

Joskus hoitajat vievät vanhuksia ulos, kärräävät pyörätuolissa. Pitää olla paljon päällä, ettei vilustu, silti moni kärsii vilustumisesta ja kylmästä. On kaikenlaisia vaivoja, sydänvaivoja, jäseniä särkee, koko kroppa on kipeänä. Mistä muusta se johtuu kuin vanhuudesta. Vanhana ollaan kipeitä ja raihnaisia, kärsitään monista vaivoista, joita nuorena ei niinkään ollut. Osaan niistä kivuista ja säryistä on lääkettä, toisiin ei ole ollenkaan. Monelle meneekin toistakymmentä pilleriä illassa, toiset mokomat aamulla ja päivällä. Siksi pitäisi syödä hyvin, mutta monet syövät heikonlaisesti. Joko ruoka ei pysy haarukassa tai lusikassa, tai vanhukselle ei vaan maistu. On heikentynyt ruokahalu, ja siihenkin on ehkä lääkettä. Niin paljon vaivoja, liian paljon lääkkeitä.

◆ ◆ ◆

Sitten tyttö tulee käymään ja sanoo, että äiti on hänen mielessään. Hän muistaa rukouksissa, sanoo Martha, ja niin he halasivat, Martha ja Aino-tytär. Ei heillä ollut muuta, kun Aino-tytär halusi muistaa äitiään, joka on tippa silmäkulmassa.

Niin jotain sielläkin tapahtuu, kuten hartaus osastolla. Kuka mitenkin osallistuu, kaikki eivät osallistukaan. Toisilla on huono kuulo, toiset eivät välitä, suuri osa raahautuu kuitenkin kuuntelemaan jumalansanaa. Toisissa on elämää jäljellä, vaikka monia painaa uupumus elämään yleensäkin.

Monella on pitkä työhistoria takanaan, paljon ikävuosia. Ennen vanhaan tehtiin todella työtä, raskaita töitä. Marthakin rakennuksilla urakoi, kantoi raskaita taakkoja. Sitten kävi siivoamassa kaiken maailman tehtaissa ja halleissa. Työ kuin työ, niin aina kelpasi, että sai leivän-särvintä. Palkka oli mitä oli, edes jotain, että tuli toimeen. Silti nähtiin nälkää varsinkin vuosisadan alussa, 1900-luvun, josta ajasta tämä osin kertoo.

Kaikki ihmiset vanhenevat. Kaikille, jotka elävät, vanhuus on edessä ennen pitkää. Kuka silloin huolehtii, joutuu vanhainkotiin, vaivaistaloon. Marthan aikaan oli kyllä vanhainkotejakin. Vanhainkoti ei ole se paras mahdollinen paikka. Tietenkin huonomminkin voisi olla. Esimerkiksi joutuisi makaamaan sairaalassa vuodepotilaana. Nythän Martha oli paljon jalkeilla, vaikka kroppaa kivisti joka puolelta. Ei sitä päässyt vanhaksi ilman mitään vaivoja. Jotkut olivat kuitenkin vanhanakin elämänsä kunnossa. Ne, joilla oli terveyttä, kävelivät vielä ulkona aika pitkiä matkoja. Suurin osa käveli pieniä matkoja, osa kävelykepin kanssa. Martha kuului niihin, jotka kävelivät pieniä matkoja päivässä, mutta ei joka päiväkään, ja reitti kävi tutuksi. Oli koivukuja, jota Martha katseli mielellään. Myös puisto oli lähellä, siellä saattoi kesällä penkille istahtaa.

Katsella samalla ohikulkijoita, ei vain aina vanhuksia. Mieli virkistyi siinä vähän nuorempia katsellessa.

Nuoria ei ollut vanhainkodissa, vain ehkä töissä. Nimikin sanoi, mikä paikka oli vanhainkoti. Vanhainkoti oli tarkoitettu niille vanhuksille, jotka eivät tulleet kotona toimeen. Tosin oli niitäkin vanhuksia, jotka asuivat yksin jopa kotonaan ja jotka olivat kahdeksankymppisiä. He kävivät kaupassa ja laittoivat ruokaa itse sekä siivosivat ja peseytyivät itse. Toiset saivat näihin apua sitten toisinaan.

Martha ei voinut käsittää sellaista, ei hän ollut niin omatoiminen itse. Hän täytti 89 vuotta, joten olihan hänellä ikää. Hän joutui 83-vuotiaana vanhainkotiin huonon kunnon takia. Jalat reistailivat, samoin kädet ja selkä, myös pumppu eli sydän oli heikoksi tullut, mitä ei ollut nuorena vielä. Mielestään hän kärsi yksinäisyydestä aivan tarpeeksi. Sitä eivät edes tytön käynnit voineet poistaa. Oliko yksinäisyys olotila, mielentila vai muuta, kun siitä kärsi lähes jokainen vanhus, joka oli siellä, mutta he eivät tienneet toistensa yksinäisyydestä? Vanhukset eivät useinkaan osaa kertoa tuntemuksiaan. Olivat sen ajan ihmiset oppineet vaikenemaan, jos oli vaikka millainen asia. Tällaisesta ei puhuttu, kaikesta muusta hoitajien kanssa, tarpeista, sen sellaisista arkisista asioista kyllä puhuttiin, niistä, jotka eivät olleet niin kipeitä aiheita, arkoja. Vanhukset olivat oppineet vaikenemaan omista ongelmistaan ylipäätänsäkin. Tytöllekään ei sellaisesta voinut mainita, eikä ollut sydänystävää, kelle uskoutua. Se olisikin hyvä se sellainen ystävä, joita nuorena ehkä oli. Mutta mistä nyt saisi sellaisen, jolle uskaltautuisi puhumaan kipeistä aiheista? Ehkä seurakuntasisar, jos osaisi kääntyä sellaisen puoleen. Se olisi hyvä juttu.

Hän silti kärsi eristyneisyydestä vanhainkodissa, jossa oli muitakin itsensä yksinäiseksi kokevia vanhuksia. Joistakuista se näkyi päällepäin alakuloisuutena ja melkein apatiana. Jotain lokeroitumista se oli, kun vanhukset asuivat vanhainkodeissa, osa toisten lapsista lastenkodissa. Laitoksissa ne, jotka tarvitsivat laitospaikkaa. Mielisairaaloissa ja vuodeosastoilla. Yksinäisyydestä kärsittiin kaiken rutiinin keskellä. Aamupala, lounas, kahvi, illallinen, iltapala. Sitten lääkkeet tuotiin huoneeseen huonokuntoisille. Osa lääkkeistä oli otettava ruuan kanssa. Käytiin aamu- ja iltapesuilla. Kaikkeen meni aikaa hoitajillakin, eli heillä oli tosi urakka kaikissa vanhuksissa, heidän hoitamisessaan. Osa ei mitenkään selvinnyt itse syömisestä eikä pesuista eikä nukkumaanmenostakaan. Vielä vaihtelusta huolehtiminen oli kai kuitenkin liikaa. Yksipuolista se saattoi olla, olikin, molemmin puolin. Piti siivota huoneet, alusastiat tyhjentää. Monet vanhukset laskivat alleen, ja piti vaihtaa vuodevaatteet. Toiset yrittivät pestä itseään, laihoin tuloksin. Yksinäistä oli aika vanhuksille, hoitajat eivät kerenneet paneutumaan yksilöön. Joskus saattoi hoitaja istua vanhuksen vuoteen reunalla ja kuunnella vanhuksen huolia lapsista ja lapsenlapsista. Harvemmin kuitenkin sai myös muistella nuoruusajan muistoja, joista oli myös kuvia näyttää. Sellaista se oli vanhuksille ja hoitajille: rutiinia, arkirutiinia.

Martha sai seuraa uudesta opiskelijasta, joka kysyi Marthan nuoruudesta, ja Martha näytti kuvaa ja kertoi nuoruudestaan. Se oli hieno hetki Marthalle muistella nuoruuttaan. Martha alkoi kesken kaiken itkeä, mihin hoitaja: "Älkäähän nyt, jutellaan joskus toiste lisää." Martha itki, kun näytti nuoruudenrakastettuaan, joka kuoli sodassa. Hän kertoi, kuinka olivat olleet rakastuneita, mutta täytyi lopettaa Marthan alettua itkeä. Niin Martha sai kuitenkin keventää sydäntään. Kertoa, kuinka ikävä oli Aarreaan. Hoitaja sanoi: "Teillä oli hyvä suhde", johon Martha lisäsi: "Niin oli." Se oli Aarre, jonka kanssa ei kuitenkaan ollut lapsia. Martha sanoi: "Tule toistekin, niin kerron lasteni isästä." Niin Martha sai kertoa myös hänestä myöhemmin.

Vielä samana iltana hoitaja kysyi: "Vieläkö muistatte jotain?" Tottahan toki, sanoi Martha, meillä Sulon kanssa oli yhteensä kuusi lasta, joista osa kuoli tai muutti ulkomaille, niin ettei jäänyt kun yksi tytär Suomeen. Lapsissa riitti hoitamista, se oli silloin, kun selvittiin sodan jaloista pois. Vielä hoitaja halusi kuulla sodasta, ja siitä ei ollut muuta kuin kauhua kerrottavana, kaikkea kauhua. Martha oli asunut maalla sekä kaupungissa. Oli saanut pelätä pommin osuvan kohdalleen. Sitä aikaa ei ollut hyvä muistella, vaan piti unohtaa mahdollisimman kokonaan. Juostiin pakoon paniikissa kaupungissa. Maallahan ei pääsytkään turvaan minnekään, korkeintaan perunakuoppaan, jossa ei ollut turvassa sielläkään pommin osuessa. Kaupungissa mentiin väestönsuojaan, jotka olivat tunkkaisia paikkoja, vieri vieressä ihmisiä. Ainahan oli luojan armoilla, sitähän tuumi Martha. Se oli kaikki pelkkää painajaista, joka ei loppunut, ennen kuin sota loppui. Sitä aikaa ei halunnut muistellakaan.

Niin Martha oli monen vuoden tauon jälkeen alkanut puhua tunteistaan. Hänen oli helpompi jatkaa arkea nyt, kun oli saanut keventää sydäntään Heidille, opiskelijalle, olkoon vaikka liian nuori käsittämään. Olipahan tullut kertoneeksi kaikesta, mikä painoi mieltä. Lasten isästä ei ollut paljon kertomista, oli viinaan menevä naistenmies, jolla oli monta naista elämänsä aikana. Monen monituista kertaa myös Marthan aikana. Samoin viinaan menivät etupäässä rahat. Hän oli Sulo, oli kova ryyppäämään. Onneksi ei hakannut juovuspäissään Marthaa. Silti tiet erkanivat eripuran takia ja viinan ja naisten. Hän kyllä joi loppuaikansa viinaa ennen kuin kuoli viinaan.

Sellaista elämä on monen kohdalla, lapsia pitää hoitaa ja kasvattaa. Sulolla oli työpaikkakin, rakennusmies oikein oli ja rakennuksilla tapasi Marthankin, kun Martha oli siivoamassa samassa paikassa. Siellä sitten tapasivat, menivät naimisiin ja tekivät monta lasta. Tietysti olivat ensi alkuun onnellisia, kunnes karu todellisuus valkeni Marthalle. Mies oli parantumaton juoppo sekä vieraisiin naisiin menevä. Ei sellaisen kanssa tullut mitään elämänikuista liittoa. Parempi erota, niin kuin Martha tekikin. Lähti pois Sulon elämästä lasten kanssa, jonnekin sukulaisiin maalle. Nyt sai Sulo ryypätä vaikka hengiltä itsensä, hän ei mahtaisi mitään. Martha oli koettanut puhua ja puhua Sulolle järkeä, mutta turhaan. Mikään ei ollut auttanut juonnin lopettamiseen. Martha oli saanut tarpeekseen, usko meni kaikkiin miehiin. Nuoruudenrakkaus meni onnettomasti, ja muita miehiä kuin Aarre ja Sulo hänellä ei ollut. Parempi kun unohtaa koko miehen, Sulon, nuoruudenrakkauttaan Aarrea hän ei voinut unohtaa. Vaan rakkaudella koetteli ja katseli hänen kuvaansa, niin kuin olisi ollut elävä olento.

Jotkut ihmiset jättivät kauniin muiston itsestään. Toisia ei edes voi muistella, sellaista nuorena oli.

Nyt oli siis oltava vanhainkodissa, missä viihdyttiin tai ei viihdytty. Milloin mitenkin, oli niitä hyviäkin päiviä niin kuin huonompiakin. Aika kului hitaasti, kun ei ollut mitään tekemistä, joskus kutomista, mutta ei sitäkään jaksanut aina tehdä. Aika kului kitkutellen kuin aidanseipäässä roikkuisi. Korjaisi joku pois. Kai sitä kaikista aika joskus jättää. Kukaan ei ole tänne jäänyt iän kaiken olemaan, vaan noutaja tulee itse kullekin vuorollaan, kun on aika lähteä. Turhaa sitä oli pelätä tai odottaa, se tulee aikanaan, odotti tai ei. Oliko se luoja vaiko se joku toinen, sitä ei varmaksi voinut sanoa.

Mutta kyllä Martha uskoi taivaaseen pääsevänsä, kunhan aika täyttyisi hänenkin kohdallaan, olivathan uskon asiat Marthan sydäntä lähellä. Luoja oli luonut elämän, ottaisi poiskin, mikä se aika kenelläkin on ja milloin sekä mihin kuollaan. Marthankin sydän reistaili, joutui syömään sydänlääkkeitä. Martha ei ollut lihava eikä laiha, oli suhtkoht normaalikokoinen vanhus. Hän oli 89-vuotias, ei ihan vanhimmasta päästä eikä nuoremmastakaan. Hänellä oli nuoruuden muistot, jotka antoivat uskoa elämään. Kävivät tanssimassa Aarren kanssa, jonka täytyi mennä rintamalle, jossa sitten kuoli sirpaleeseen. Martha itki kolme päivää ja yötä. Oli aivan poikki ja lohduton, kunnes tottui ajatukseen, että Aarre oli poissa. Marthan nuorempi veli lohdutti Marthaa, hänkin jo nyt pois nukkunut, Erkki nimeltään. Hänenkin lapsensa kävi katsomassa silloin tällöin vanhaa tätiään, itsekin jo vanhoja. Kysyivät, millainen Erkki, heidän isänsä, oli ollut nuorena. Ei Martha jaksanut paljon puhua, mutta kertoi kuitenkin Erkki-veljensä nuoruudenaikaisista kolttosista. Lapset nauroivat.

Oli hyviäkin hetkiä vanhainkodissa. Kahviaika oli hyvä, kun useampi vanhus jutteli omiaan, osa pöpisi. Toiset kykenivät vuorokeskusteluunkin keskenään, päivän säästä ja ilmasta sekä ruuasta. Ei uskallettu arvostella hoitajia, joskus sentään, vai oliko paljon aihettakaan. Jotkut kyllä narisivat mutta eivät kyenneet muuhunkaan, jupinaa sellaista, ja heitäkin täytyi hoitaa. Mutta kahvihetki oli rauhoitettu kaikille, silloin sai usean kupin kahvia ja teetäkin, jos pannun pohjalle oli jäänyt. Eikä silloin enää väsyttänyt. Monet pääsivät ulkoilemaankin hoitajien kanssa, yksinkin. Päivällisen jälkeen ja lääkkeiden ja pesujen jälkeen moni oli valmis vuoteeseen. Oltiin jo aivan väsyksissä kuitenkin. Uni viipyi, ja monilla meni unilääkkeet ja heidän sängyssä levättyään uni tulikin. Lääkkeitä oli monenlaisia: verenpainelääkkeet, kolesterolilääkkeet, oli nivelsärkyjä ja niihin lääkkeet. Jotkut saivat masennukseen rauhoittavaa, koska olivat levottomia. Vanhuuttaan iho kuivi herkemmin, tarvittiin lääkerasvoja, monenlaisia rasvoja. Makuuhaavoja tuli, niitä saattoi tulla toisille, jotka makasivat koko ajan vuoteessa. Heitä ei sovi unohtaa.

Vanhuudessa oli hyvät puolensa ja myös varjopuolensa. Niitä riitti. Niistä monista, monenmoisista syistä joutui toisten hoidettavaksi, vähän toisten armoille olemaan. Kivut ja säryt kaikki vaivat, mutta myös hyvät puolensa oli vanhuudessa. Työelämä oli takana, keventynein mielin sai olla, ei tarvinnut lähteä töihin. Kaikkea oli vähän, taisi päästä vanhana helpommalla: ei tarvinnut lapsia hoitaa, kotia siivota, monta juttua ei tarvinnut itse hoitaa. Ainahan valittamista löytyi, jos halusi valittaa. Martha ei ollut niitä, jotka valittivat koko ajan.

Yksi vanha laiha mies valitti ruuasta, kovasta vuoteesta ja toisista vanhainkodin asukkaista. Myös hoitajista. Hän oli parantumattomasti sairas sairasti aivokasvainta, joka kasvoi ja levisi joka paikkaan. Kai hänellä oli sitten kipuja, joihin sai vahvoja lääkkeitä. Muuallakaan hän ei voinut olla, 90-vuotias vanhus. Toiset tyytyivät oloonsa eivätkä valittaneet, vaikka olisi ollut aihettakin. Laitoksessa oli heidän paikkansa, muuta paikkaa ei vanhoille oikein ollut. Niin se vain oli, tuli todettua useamman kerran. Hyvä muistutus ihmisille, että vanhuus tuo kaikennäköistä vaivaa tullessaan.

Monelle omasta kodista pois joutuminen oli paha paikka. Saivat tilalle laitospaikan, joka ei vastannut omaa kotia, ei todellakaan. Saivat tyytyä siihen, kun eivät pärjänneet kotona enää. Eivät ehkä omaiset jaksaneet hoitaa ja huolehtia. Olivat vähän muiden tiellä vaivoineen kotona, siksi kai laitospaikka tilalle.

Monet muistelivat vanhoja hyviä aikoja, jolloin oli lapset, mies tai puoliso ja koti. Ennen kaikkea koti, joka oli tärkein paikka monelle ihmiselle. He muistelivat, kun kaikki oli tallella, koti ja muistikin. Nyt oli vain vanha ihmisen kuori, kuinka kauan se kestäisi? Se, joka kerran oli kukoistanut nuoruuttaan kauniina. Mutta siitä oli aikaa vuosikymmeniä. Marthalla oli nuoruudenkuva itsestään Aarren kuvan vieressä yöpöydällä. Radion, silmälasien ja juomalasien vieressä. Siitä näki, kuinka kaunis Martha oli ollut. Radiosta Martha kuunteli vanhoja iskelmiä toisinaan, vaikka olikin uskovainen. Silloin hän viihtyi, unohtui arkipäivä huolineen, joita hänelläkin oli. Vanhus ei aina ollut vapaa huolista: oli lapset ja lapsenlapset, joista kantoi huolta. Ja kääntyi myös jumalan puoleen silloin, mikä oli hyvä.

Joskus Martha istui seurusteluhuoneessa ja luki päivän lehtiä. Mutta melkein aina vanha mies varasi päivän lehdet niin, etteivät muut päässeet oikein lukemaankaan. Hoitajille kerrottiin, mutta ei auttanut, ukko luki niin hitaasti, että siinä vierähti helposti koko päivä. Seuraavana päivänä muut saivat lukea edellispäivän lehdet. Usein oli kansoitettu yleiset tilat, ruokapöydät muulloinkin kuin ruoka-aikana, moni ei viihtynyt omassa huoneessaan. Joskus eräs ukko kuunteli niin kovalla radiota, josta tuli musiikkia, etteivät muut voineet olla samassa huoneessa. Paavo oli hänen nimensä, ja hänellä oli huono kuulo ja sen takia hän laittoi radion täysille. Vaikka olihan hänellä kuulolaite. Hoitajat kävi pienentämässä äänenvoimakkuutta, mutta hän kohta laittoi sen isommalle taas. Jotkut laahustivat pitkin käytäviä, ja se oli osan mielestä lannistavaa. Heikosta mielenterveydestä kärsittiin fyysisten vaivojen lisäksi, ja sitä jouduttiinkin lääkitsemään rauhoittavilla lääkkeillä. Jotkut olivat tokkurassa koko päivän, eivät kyenneet oikein olemaan mitenkään. Joskus myös jouduttiin lääkitsemään rauhoittavilla lääkkeillä, kun ei joku muuten rauhoittunut. Lääkkeet tasasivat olotilaa. Monet nukkuivatkin, minkä ehtivät, kunnes tulivat uudelleen levottomiksi.

Voi olla, että toisia ahdisti jatkuva osastolla olo. Oli niin vaikeaa päästä ulos, käymään jossakin vaikka hoitajien kanssa, mutta hoitajilla ei ollut aina aikaa. Muilta töiltään ei kerennyt. Toisilla ei ollut enää omaisiakaan, jotka olisivat käyneet katsomassa. Joskus tällaiset vanhukset itkivät avuttomuuttaan, kun eivät voineet muutakaan. Paljon oli sellaisiakin, jotka oli unohdettu osastolle. Omaisia oli, mutta he olivat unohtaneet oman vanhempansa, kun ei jaksettu kotona hoitaa. Oli vain tuotu vanhus ja jätetty laitoshoitoon. Jos vanhus itki, ei ollut mikään ihmekään. Hoitajat koettivat lohduttaa, mutta ei se paljon auttanut vanhuksen kokemaan yksinäisyyteen. Moni kysyikin, milloin se ja se perheenjäsen tulisi käymään tapaamaan vanhusta. Oli liian helppoa unohtaa vanhus laitokseen uskoen, ettei vanhus tarvitse mitään ja että hänellä on jo kaikkea. Sitä ei ollut, että joku kävisi katsomassa: oli ihmisen tarve toiseen ihmiseen. Eivät he tulleet ajatelleeksi sellaista.

Yhteiskunta piti kyllä huolen vanhuksesta. Kun kerran maksettiinkin, niin pitihän siihen vastineeksi saada hoitoa vanhukselle. Tosin kaupunki ja valtio maksoivat tosiasiassa. Sinne sai kuitenkin vanhus jäädä yksikseen unohdettuna olemaan osastolle. Eikä ollut missään lohtua. Vanhus oli lohduton, ei kuitenkaan tunteita vailla. Osasi kaivata sitäkin, mitä ei enää ollut ja mitä oli ollut. Oli mahdoton saada luokseen omaisia. Vanhuksen lapselta olisi voinut odottaa, että ei unohda isäänsä tai äitiään tai mummiaan vaariaan. Sinne tuomitsee yksinäisyyteen, sillä yksin vanhus oli. Yksin oot sinä ihminen, kaiken keskellä yksin, mikä päti vanhuksiin, joita ei muistettu. Mitä varten? Herää kysymys, olivatko lapset itse tunteita vailla, myötätuntoa vailla? Empatiaa, jotain ymmärrystä odottaisi vanhuksen lapsilta sekä lastenlapsilta.

Lapsenlapsilla, jotka olivat herkempiä vaistoamaan vanhuksen ikävän, oli aitoa mielenkiintoa mummiaan kohtaan. Oli kysymyksiä, jotka heräsivät. Sai olla onnellinen, jos oli sellaisia lapsenlapsia, jotka kävivät katsomassa mummia tai vaaria tai molempia. Lapsenlapset letkauttivat jotain sellaista, mitä lapset eivät tehneetkään vaan sulkivat silmänsä ja korvansa ja ennen kaikkea sydämensä omalta vanhukselta. Kyllästyneenä vanhukseen, joka oli kykenemätön melkein kaikkeen, mitä he kykenivät tekemään.

Toki oli niitäkin, jotka välittivät ja kävivät katsomassa ja toivat terveisiä ulkomaailmasta, joko tuomisia mukanaan tai vaikka ilman, mutta olivat vilpittömiä vanhusta kohtaan. Oli niitä, jotka eivät olleet ummistaneet silmiään kaikelta, mikä vanhusta kohtasi elämässä vanhainkodissa. He olivat aidosti kiinnostuneita vanhuksen elämästä, mikä oli kallisarvoinen lahja vanhukselle, joka yksinään kohtasi elämän arjen ja mitä ei voinut mikään muu korvata.

Suosittelen käymään katsomassa oman perheen vanhusta, kuka onkin. Vanhuksilla on paljon annettavaa jälkipolville ja muille, eikä tämä ole vain kulunut lause. Osalla olisi varmaan puhuttavaakin, jos olisi niin kunnossa, että pystyisi puhumaan.

Läheisyys ja läsnäolo ovat tärkeintä vanhukselle, siitä ei pääse yli eikä ympäri. Moni vanhus toivoisi kuolemaa ehkä kipujen mutta myös yksinäisyyden takia, joka kalvaa itsetuntoa ja mieltä. Jotkut vanhukset eivät piittaa mistään ulospäin mutta sisimmässään ovat katkeria ja muistavat kyllä sen yksinäisyytensä. Suorastaan riipaisevaa.

Aina on jotain ohjelmaa vanhainkodissa, ja luulisi, että aika menee rutiineihin. Mutta kyllä jää aikaa miettiä, miksi on unohdettu. Miksi kukaan ei käy katsomassa?

Moni ei pärjäisi kotonaan, muistisairaat, vuodepotilaat. Hoitajilla on melkein koko ajan kädet täynnä työtä. Hoitajien työtä helpottaisi, jos omaiset kävisivät katsomassa jokaista vanhusta. Vanhus olisi pirteämpi, iloisempi ja myönteisempi.

Monesti elämänkatsomus joutuu koville. Uskottiin taivaaseen tai helvettiin, jos uskottiin mihinkään. Moni oli kerta kaikkiaan toivottomia, niin ettei uskonut mihinkään. Uskottiin, että kaikki tuo voi olla jo maan päällä, helvetti ja taivas, niin ettei ollut mitään erikoista odotettavaa kuoleman jälkeen. Jotkut silti uskoivat taivaaseen pääsyyn. He rukoilivat ja pyysivät syntejään anteeksi, myös lukivat raamattua. Moni ei kuitenkaan ymmärtänyt raamatun sanaa. Jo nuoruudessa oli ollut vaikeata ymmärtää, vaikka äly leikkasi partaveitsen lailla. He lukivat Raamatusta pelastussanomaa. Armon sanaa, Uuden testamentin Paavalin kirjeitä. Vanha testamentti oli ennustuksia täynnä, niin ettei moni lukenut niitä. Useat lukivat psalmin 23: Herra on minun paimeneni. Moneen kertaan lukivat saadakseen lohdutusta.

Moni istui myös oleskelutilassa ja kutoi, kuten sukkia ja lapasia. Kutominen ja virkkaaminen oli hyödyllinen harrastus, ja hoitajat kannustivat siihen. Toiset yrittivät pelata keskenään ja hoitajia vastaan. Yöt menivät nukkuen, paitsi välillä kellolla soitettiin hoitajaa auttamaan vessaan ja kääntämään. Melkein kaikilla oli vaippa, joka suojasi yökastelulta.

Aamulla oli aamukiireet, suihkut, aamulääkkeet. Sitten vähän huilattiin ja sitten olikin päiväkiireet, hoitajien vuoronvaihto. Rapsat, että missä mennään, kukin hoitaja, vähän vanhuksetkin.

Monesti olen kuullut, että vanhuksiin käytetään väkivaltaa, väkivaltaisia otteita ainakin, myös henkistä väkivaltaa, ylivaltaa, mikä on tullut tiedoksi moneen kertaan hoitajien jäätyä kiinni väkivaltaisuudesta. Ovat saaneet lähteä hoitamasta vanhuksia. Suojattomia, turvattomia, puolustuskyvyttömiäkin. Vanhuksia kun on vaikeasti hoidettavia. Sellaista se oli karussa todellisuudessa. Väkivaltaa kohdattiin joskus, se ei ollut sääntö mutta ei perin juurin harvinaistakaan.

Yksitoikkoisiahan päivät ja yöt olivat, eikä siihen mikään auttanut, kun oli aina melkein samat rutiinit vanhuksilla, niin myös hoitajilla. Toisinaan kapinoitiin, mutta mitä se auttoi. Pakko oli pakko, nälkä tuli joka päivä, vessahätä myös, unen tarve ja vaihtelun. Television katselun lomassa päivät kuluivat toistensa kaltaisina. Siihen ei mikään kapinointi auttanut. Hoitajien oli pestävä pyllyt, piti syöttää ja juottaa, käännellä vanhuksia vuoteissa, rasvata. Sellaiseen meni kaikilla aikaa. Eihän sille mitään mahtanut, ja mitähän muuta pitäisi olla? Ehkä ulkoilua ja sen sellaista.

Sellaista se oli vanhainkodissa. Vanhukset olivat laitoksessa mutta muuten oman onnensa varassa. Vaikka on henkilökuntaa, yksin kohdataan elämä purjeet levällään tai kasassa. Yksin täältä lähdetään pois, koetaan kuolema ja elämä yksin.

✦ ✦ ✦

Marthan sydän reistaili, eikä hän tiennyt, milloin olisi viimeinen päivä. Ja yö. Viimeinen matka, jolle lähdetään yksin. Marthaa kävivät kuitenkin katsomassa omaiset, jotka tiesivät, että Marthan sydän reistaili. Martha oli vakavasti sairas, niin hän poti sydäntään kaksi kuukautta, enemmänkin. Alettiin tottua siihen. Lääkitystä lisättiin, ja Martha voikin paremmin sitten. Lasten käynnit harvenivat, kun olivat käyneet joka viikonloppu.

Kuitenkin eräänä yönä Martha sai pahan sydänkohtauksen. Kerkesi soittamaan hätäkelloa heikosti. Hoitajat olivat tietenkin työssä ja heti paikalla Marthan luona. Martha oli tajuton, tiedoton, vajonnut jonnekin syövereihin. Niin soitettiin ambulanssi ja aloitettiin elvytys, mutta tuloksetta. Martha pääsi sairaalaan, siellä elvytettiin, laitettiin sydänkoneeseen ym. ja suoneen sydäntä elvyttävää lääkettä. Martha oli kuitenkin tiedoton. Sydän löi kuitenkin vakaammin. Kolme päivää ja yötä meni, lapsille oli soitettu, ja he kävivät katsomassa. Sanoivat jäähyväiset hoitajien kehotuksesta. Kolmantena yönä Martha lakkasi hengittämästä, tajuihinsa tulematta. Aika hyvä kuolema hänellä, nukkuessaan kuoli pois.

Niin Martha kuoli sydänkohtaukseen, mikä oli odotettavissakin. Ei tiennyt, milloin on lähtö iankaikkisuuteen. Niin Martha oli kuollut, yksinkertaisesti nukkui pois. Pappi kävi hänen luonaan, ja lääkärit tietysti totesivat kuolinsyyn. Antoivat lausunnon omaisille, jotka itkivät, vaikka mummo oli vanha, jo 90 täyttänyt sekä kovin sairas.

Niin alettiin järjestelemään hautajaisia. Arkku valittiin ja hautapaikka. Ja kahvipaikka valittiin, niin oli yhden ihmisen vaellus maan päällä päättynyt. Pääsikö hän taivaaseen? Uskottiin niin, olihan hän harras uskovainen. Kukaan ei ollut todistamassa sitä, pääsikö hän taivaaseen, kun eivät tiedä omastakaan kohtalostaan omaiset. Vähän pani miettimään taivasasioita kyllä. Kaikille ihmisillehän tulee joskus loppu. Ehkä Martha oli väsynytkin ja kaipasi pois, niin kuin moni muukin, jonka oli jatkettava elämäänsä kaikesta huolimatta niin kauan, kun elämää vielä oli. Hengellisistä asioista on hyvä pitää huolta jo aikaisemmin, ettei ainoa, mikä jää, ole papin puhe haudalla.

Kaksi viikkoa meni kaiken järjestelyyn, kunnes Martha haudattiin mukanaan valokuva, muisto nuoruuden rakkaudesta.

Rukoiltiin ja muisteltiin mummoa ja äitiä – ja hyvin pian unohdettiin. Hän oli eläissään unohdettu melkein, kuollessaan vielä enemmän. Joskus lapset ja lapsenlapset kävivät haudalla laskemassa kukkasia. Mummoparkaa muistettiin osastolla ja tarjottiin lähtiäiskahvit. Marthan kuva oli esillä, vieressä pari kynttilää. Jokainen vanhus ajatteli omaa aikaansa, milloin loppuu.

Martha ei paljon kerennyt rukoilemaan, kun kohtaus tuli kuitenkin yllättäen, vaikka osattiin odottaakin. Oliko Marthalla toivoa ja iloa eläissään? Elämänsä ehtoopuolelle asti, koska lapset kävivät katsomassa.

Monilla eivät olleet niin hyvin asiat: monella ei ollut ollenkaan omaisia, jotka olisivat käyneet katsomassa, vaan olivat unohdettuja jostain syystä. Pitkiksikin ajoiksi, ehkä kokonaan. Moni vain unohti vanhuksen laitospaikkaan eikä käynyt katsomassa ollenkaan. Joskus tiedustelivat hoitajilta vanhuksen vointia. Eihän se elämä sujunutkaan hyvin täysin unohdettuna laitokseen. Marthalla oli hyvin, kun kuoli nukkuessaan eikä lähtö ollut vaikea millään lailla. Monilla on pitkiä sairausaikoja, jotka joutuu viettämään aivan yksin. Tämä on tosi, ei pelkkää tarinaa, dokumenteistahan sen kuulee ja näkee.

✦ ✦ ✦

Tämä oli kertomus Marthasta, vanhainkotivanhuksesta, joka vietti 15 vuotta vanhainkodissa, ennen kuin kuoli. Aika myönteinen tarina, vaikka itse sen kirjoitinkin. Tarina Marthasta, joka koki yksinäisyyttä ja pahaa mieltä siitä, kun oli vanhainkodissa, eristettynä kaikesta ulkomaailmasta, vaikkei hän paljon enää ymmärtänyt tämän maailman menoa. Oli hänellä kaipuu läheisyyteen jonkun, joidenkin kanssa. Vaikka se on vähän vaikeaa, kun on niin vanha, niin ei paljon jää aikaa muuhun kuin taivasosuuden ajattelemiseen, mikä on luultavaa – se, että hän taivaaseen pääsi. Nyt hän nukkui pois ja saa levätä rauhassa kaikelta maailmalta, maailman murheilta, joita hänelläkin oli lapsissa ja lapsenlapsissa. Nyt hän, unohdettuna tai yksin, ei tiedä enää sitä vaan nukkuu rauhassa viimeiseen päivään asti, jolloin vanhurskaat palkitaan taivasosuudella. Hän oli taivasosuutensa ansainnut, eli sellaisen elämän. Jäämme kaipaamaan häntä.

Kotiväkivaltaa

Mitä varten niin usein kotona on väkivaltaa? Miehet useimmin lyövät naiskumppaniaan. Mistä se johtuu? Panee miettimään, minkä takia. Ei tarvitse olla mitään syytäkään. On miehiä, jotka lyövät joka tilanteessa naista. Tilanteesta riippumatta joka paikassa lyödään naista, kun joudutaan kahden kesken. Joskus lapset ja ulkopuoliset näkevät sen. Lapset kärsivät, ja vieraat yrittävät mennä väliin. Väkivaltaa esiintyy niin usein, etten jaksa käsittää, usein ilman riitaa tai mitään muutakaan. Usein jonkin yllykkeen saatuaan lyövät. Naiset lyövät joskus miehiään, sellaistakin on. Joskus saadaan vammoja tuottavia kolhuja lyömisestä, sillä on aina seurauksia. Joko henkisiä tai fyysisiä tai molempia. Lapset saavat kärsiä nahoissaan.

Lapset ovat usein koulukiusattuja, ja koko perhe elää köyhyysloukussa. Sen sitten muut huomaavat ja kiusaavat. Mitä aiheuttaa, kun väkivaltaan alistuu nainen, jolla on lapsia? Alemmuudentuntoja, lapset sortoon tottuneita. Silti kiusaaminen sattuu ja lyönnit.

Kotiväkivaltaa esiintyy Googlen mukaan kaikissa yhteiskuntaluokissa, kaikissa kaupunginosissa, niin että se ei olisikaan köyhempien perheiden ongelma. Usein se on paljon yleisempää kuin on luultu. Joissakin maissa nainen on tosi alistuneessa asemassa. Naisia pidetään alempiarvoisena. Ei meilläkään ole paljon, muuta näennäisestä tasa-arvosta huolimatta nainen on kuin miehen omaisuutta. Täälläkin ennen ja nykyäänkin on huonompana sukupuolena pidetty naisia. Heikompana sukupuolena nainen onkin alistunut voimatta asialle mitään. Syvälle juurtunut alemmuudentunto pitää otteessaan. Naisen lyömisestä naisen alemmuudentunne pahenee, kunnes on kokonaan maassa ja alhaalla naisen itsetunto. Silti monet naiset ovat nousseet sorrosta sekä pärjänneet hyvin, uhmaten ovat nostaneet päänsä ja voittaneet itseensä kohdistuneen väkivallan seuraukset.

Miten kotona opittu nähty väkivalta siirtyy lapsiin? Se ei aina toistu, mutta monesti tällaiset ihmiset, jotka lapsena ovat kokeneet perheessä väkivaltaa, ottavat myös miehet, jotka lyövät heitä. Tytöt ja pojat taas jatkavat aikuisena naisen hakkaamista. Poikkeuksiakin on, ja usein kotiväkivalta loppuu, jos mies raitistuu. Viinasta selvittyään mies muuttuu. Ei hakkaa enää vaimoaan.

Toisinaan kotona on väkivaltaa, joka todella lannistaa myös lapset, ei pelkästään avovaimot, aviovaimot, naiskumppanit. Miten ihmeessä jotkut naiset selviävät? Lyönnit sattuvat ei vain fyysisesti vaan myöskin henkisesti. Ne jättävät traumoja lapsiinkin. Tällainen koti on kuin uppoava laiva, jota pommitetaan pommein: se ei voi selvitä. Usein myös erotaan – se on kuitenkin vaikeaa, koska avioparit ovat riippuvaisia toisistaan ja lapset heistä. Joskus mennään hoitoon, joskus harvoissa tapauksissa koko perhe. Viranomaiset eivät useinkaan kuitenkaan tiedä, ennen kuin sattuu jotain pahempaa. Muutenhan siihen puututtaisiin. On myös sellaista, että viranomaiset tietävät, koska lastensuojeluun on tehty ilmoitus. Joskus myös lapset joudutaan ottamaan huostaan. On siinäkin kova osa lapsilla ja koko perheellä. Erota kaikki, mistä eniten kärsivät lapset. Monen vuoden kärsimystä tietää huostaanotto, ehkä koko elämäksi.

Kannettavaa riittää. Taakkaa, jota lapset kantavat, on vaikea poistaa. Joskus sitä puretaan perheneuvojan luona tai psykologilla. Lapsen kärsimys on todellista. Mistä mies saa yllykkeen lyödä naista? Mahdoton tietää, mahdoton tietää, eniten paineita saavat lapset.

Kotiväkivaltaa on puitu monessa instanssissa, ei vaan saada loppumaan. Siitä myös vaietaan, myös kotona. Lapset eivät puhu kotona vaan kärsivät mielessään. Itsekseen kokevat mielipahaa, surua, häpeää kiukkua, voimattomuutta ja ahdinkoa. Väkivalta on kuin tauti, joka koskettaa jokaista perheenjäsentä. Surullista ja masentavaa Kuitenkin asialle voisi tehdä jotain, mies voisi lakata lyömästä. Lapsilla on myös selittämätöntä pahaa oloa myös aikuisena. Henkistä kipua samoin sillä osapuolella, jota lyödään.

Myös lyöjällä on paha olla, ei hän muuten löisi. Mies, joka lyö yhden kerran naista ilman seuraamuksia, lyö myös toisen ja kolmannen kerran jne. Väkivalta jatkuu niin kauan, kunnes perhe hajoaa, joku lähtee pois, kuten tyttöystävä, vaimo, avovaimo. Lähtee pois kuvioista, jotka ovat sairaita ja vahingollisia koko perheelle. Varmaan tuntee ahdistetuksi itsensä koko perhe, joka kärsii väkivallasta. Nainen usein ei osaa puolustautuakaan, ei tiedä, kelle kertoa tai valittaa. Ei sanoin eikä teoin.

Miltähän miehestä tuntuu?

Olisi kiva tietää, tuntuuko lyöminen itsetuntoa kohottavalta tunteelta? Kun saa lyödä naista ilman pelkoa, että tulee tuomituksi tai jää ilman seurauksia. Koska usein koko perhe vaikenee. Sehän voisi loppua siihen, kun joku perheenjäsenistä puhuisi jollekulle. Jollekin, joka osaa päättää, mitä tehdä väkivallan ilmetessä perheessä. Monikaan ei ole avun ulottuvissa, onhan noita auttavia tahoja olemassa kuitenkin. Harvemmin nainen hakee apua mistään. Se on näin, vaietaan pimentoon pimeä juttu.

Onhan sitä kaikkea väkivaltaa ihan muuallakin kun perheessä. Vähänkö saa kuulla väkivaltarikoksista, henkirikoksista sun muusta väkivallasta. He saavat usein tuomion. Väkivallassa on toisen ihmisen alistamisesta kyse. Henkirikokset tutkitaan, väkivallan teot tuomitaan kodin ulkopuolella, mutta kotona tapahtuva pahoinpitely jää tutkimatta. Siihen ei sama laki pädekään. Milloin muuttuvat ihmiset? Milloin saavat avun kotiväkivallan uhrit? Kuinka usein mies hakkaa naisen sairaalakuntoon? Silloin puututaan: poliisi haluaa tietää hakkaajan ja toimii sen mukaan. Usein nainen ei halua nostaa syytettä miestään vastaan, koska siitä seuraa pahempaa hakkaamista. Rakastaa ja haluaa olla yhdessä, vaikka mies lyökin. On riippuvainen. Molemmin puolin ollaan riippuvaisia, ja lapset ovat riippuvaisia vanhemmistaan. Mies naisesta, nainen miehestä, kunnes riittää. Vaikka viimeiseen halutaan olla yhdessä jo lasten takia, kunnes todella riittää, mieli on täynnä. Nainen on saanut tarpeeksi selkäänsä ja lähtee pois. Asiaan pitäisi puuttua silloin, kun se tapahtuu, väkivalta, eikä istunnoissa jälkeenpäin. Mutta kuka puuttuisi, kun kukaan ei tiedä? Asia tapahduttuaan on arkaluontoinen naiselle. Mieluummin vaietaan, näin väkivalta saa jatkua. Ei kerrota kenellekään. Joskus se näkyy ulospäinkin, jos lyönti on osunut silmään tai kasvoihin.

Väkivalta rikkoo kotirauhan eli vie kaikilta kodista rauhan. Alas väkivalta, tilalle sopu.

Elämäni isäpuolet

Tämä on kertomus isäpuolistani, jotka ovat vaikuttaneet elämääni suuresti. Ei niin hyviä muistoja, enemmänkin kipeitä, siksi kirjoitan niistä lyhyesti.

◆ ◆ ◆

Elämäni ensimmäiset vuodet sain elää oman isäni ja äitini kanssa onnellisena uskoen, että elämä jatkuisi samanlaisena jatkossakin. Kunnes äitini otti uuden miehen, jota kauhun sekaisin tuntein katselin. Hirveä inho ja kammo ympäröi minua sekä unohtumaton viha ja mustasukkaisuus, jota tunsin isäpuoltani kohtaan. Enkä ymmärtänyt, miksi oma isäni ei enää ollut elämässäni. Minulla oli harras ikävä, selittämätön tunne, jonka vallassa olin koko ajan. Paniikki ja viha oikein ympäröivät minua, myrkyttivät lapsensieluni, joka oli loukkaantunut sydänjuuria myöten. En saata unohtaa isäpuoleni touhuja. Minusta hän oli helppoheikki, onnenonkija, eikä äiti ymmärtänyt, kuinka vakavasti otin hänen eronsa meidän isästä. Joku syy siihen oli, jota en käsittänyt silloin, ymmärsin vaan inhoavani isäpuoltani, joka viis välitti minusta. En ollut hänen huomiotaan vaillakaan, toivoin vain, että painajainen poistuisi elämästäni, isäpuoli nimittäin. Mielestäni hän oli syypää meidän eroon oikeasta isästä. Hän oli oikea roisto, jota inhosin lapsen kyltymättömällä intohimoisella tavalla, enkä saanut lohdutusta mistään. Oma isäni olisi lohduttanut, jos olisi ollut paikalla.

Hän oli kai usean vuoden äidin kanssa, tuo vihattu isäpuoli. Otti sitten nuoremman naisen tuo kammotus. Raskain mielin muistan tuota aikaa, eikä se unohtunut vuosikymmeniin.

Sitten jouduimme lastenkotiin, mikä oli hyvä paikka kaiken kaikkiaan, ristiriitaisen kotini jälkeen. Ei vihattavia isäpuolia ja petollista äitiä, joka oli hylännyt isäni, vaikkakin heidän liittonsa oli väkivaltainen. Kuitenkin sovinnon hetkiäkin oli, koska muistan tuota aikaa oman isän ja äidin kanssa onnellisena. Monta lastahan meitä oli, seitsemän lasta, oli siinä hoitamista, kun äiti tuli vielä niin sairaaksi reumasta, ettei pystynyt meitä hoitamaan. Oikea isäni joutui vankilaan jostain syystä, mitä en ymmärtänyt.

Vihan rinki, jota koin isäpuoltani kohtaan, ei poistunut koko lapsuuteni aikana. Sitä eivät aikuiset tajua, miltä lapsesta tuntuu, kun oma isä ja äiti eroavat. Sitten tulee vieras henkilö, joka muuttaa omaan kotiin oman vanhemman paikalle. Miten kipeältä se tuntuu, käsittämättömän kipeältä. Voi sitä tuskan määrää, se on sietämätöntä, jopa hallitsematonta, loputonta. Ei sitä aikuinen saata käsittää, puolustautuu sillä, että on rikkinäisestä kodista aikuinenkin. Sitä juuri lapsi tuntee, syyllisyyttä, ja tuntee rikkonaiseksi itsensä. Tuntee myös ruumiillista kipua eron johdosta. Mikä mittaisi sen kärsimyksen määrää? Onko suurempaa mikään, pahempaa mitään? Ei ole, ei ole tullut koskaan elämäni varrella muuta samanlaista taakkaa.

Sanotaan, että lapsi sopeutuu, mutta se ei useinkaan ole totta. Sopeutuminen eroon vanhemmasta ei ole koskaan kivutonta. En usko, että lapsi oppii sopeutumaan, en minä ainakaan, vaan kapina alkaa silloin. Elämän mittainen kapina, epätietoisuus. On vaikea määritellä kaikkea, mikä on vaikeaa vielä vanhanakin. Ero ei unohdu mielestä.

Tuskallista, lapsi jää kuin tyhjän päälle, aivan yksin vanhempien erottua. Lapsi kokee hyljätyksi itsensä. Se on pahempaa kuin lastenkotiin joutuminen. Ensin lastenkotiin joutuminen on sokki. Sitten se on helpotus, siihen tottuu, ei niin paljon tunnu kuin vanhempien ero. Ei kirvellä ja pakota samalla lailla enää. Vanhemmat ovat pettäneet lapsen luottamuksen eivätkä saa sitä ikinä anteeksi, olen sitä mieltä. Koko elämän mittainen kauna pysyy koko elämän ajan vanhempiakin kohtaan. Tässä tapauksessa myös isäpuolta kohtaan. Vaikeaa se on siksi, koska se ei muuta sitä tosiasiaa, että vanhemmat ovat eronneet. Lapsi tarvitsee omat vanhempansa eron yhteydessä. En tiedä, millä olisin purkanut patoutumiani tai eroahdistusta. Ahdistus ja masennus tulivat sekä niistä johtuva avuttomuuden tunne. Kaikki asettuu pieneen mieleen, kaikki paha, eikä osaa yksin käsitellä lapsi, kaikkea yksin.

Kuinka monia tämä asia koskee, lukemattomia. Kannattaisi vanhempien miettiä hartaasti, ennen kuin ottaa minkäänlaista eroa. Se on eroa lapsesta, siitäkin vanhemmasta, jolle lapsi jää. Kun toinen on ottanut eron, en tiedä surulle määrää. Pohjattomalle ikävälle ja vihalle, jossa kylpee vielä vanhanakin. Isän kaipuulle, vaikkei enää niin tarvitse isää, ikävä ei poistu.

Minulle isä oli tärkeämpi kuin äiti: isä piti polvellaan ja huomasi minut, kun äidillä ei ollut aikaa, meni vain aina ohi. Kauheata, että on joutunut lempivanhemmasta eroon, on joutunut lapsena oman onnensa nojaan.

Lapsi kokee pelkästään kielteisenä vanhempiensa eron, vaikka olisi ollut väkivaltainen liitto. Elämästä tuli raskasta kestää vanhempien erottua. Oman isän muisto tuli rakkaaksi, kun taas isäpuolen muistot oli kalvavat. Muistot siitäkin jäi, lapsen oli vaikea löytää helpotusta kaikkeen kokemaansa.

Kuusivuotiaaksi olin onnellinen, minkä jälkeen painajaismaiseksi muuttui elämä. Sitä painajaista on ollut koko elämä, rikkoutunut koti, särkynyt idylli. Idylli, jonka koin oikeiden vanhempieni kanssa, kärhämöinnistä huolimatta. Kyllä kirosin mielessäni isäpuolta, maan alimmaiseen helvettiin toivoin. En missään tapauksessa toivonut häntä meidän kotiin äitini rinnalle. Isäpuoleni, joka ei ollut elämässäni kauan aikaa, noin vuoden, puoli, jotain. Mutta se aika jätti minuun, lapseen, haavat ja arvet, jotka aiheutti ikuinen ero molemmista vanhemmista, oikeista, jotka olivat kuolleita minulle, vaikka elivätkin. Oliko ero minun syyni? Että tykkäsin isästä enemmän kun äidistä? Huoli painoi minua, jättääkö äitikin minut, niin kuin sitten jättikin. Tosin hän sairastui niin pahoin reumaan, ettei kyennyt meitä hoitamaan. En ymmärtänyt jättämisen syytä silloin, ei minulle kerrottu syytä. Olin hylätty, juuri sitä, kerta kaikkiaan hylätty, unohdettu, sivuseikka, kun ennen olin niin tärkeä ainakin isälleni, molemmille vanhemmille. Miten raskasta ero, kuin tähdet putoaisivat taivaalta, maa kiertäisi väärää rataa. Siltä minusta tuntui.

Lopulta en sulattanut kumpaakaan vanhempaa, umpikieroja. Kenestäkään aikuisesta en välittänyt, ne olivat vain uhka minulle. Kuka katsoo lapsen asemaa? Ei kukaan, vanhemmat vain seuraavat kumppaniaan itsekkäästi. Ei lasta huomata ja jos huomataankin, lapsi käy taakaksi toiselle vanhemmalle. Lapsen asema on uhattuna tukala lapselle, vanhemmat eivät ole sopineet vaan turvautuvat uuteen kumppaniin. Vanhempi on pettänyt lapsen luottamuksen ottaessaan eron, olkoon syy mikä tahansa. Lapsi jää kuin tyhjän päälle, aivan yksin. Sama kuin molemmat olisivat lähteneet lapsen elämästä. Vielä pahempi, kun toinen lähtee pois.

Äitini ja isäni olivat molemmat vahvoja persoonia, tavallista älykkäämpiä. Minullakin taisi olla temperamenttia niin kuin heilläkin.

Mielestäni avioerotapauksia tutkitaan liian vähän. Lapset jäävät usein liian vähälle huomiolle, eikä se ole fraasi, vaikka toistankin samoja asioita moneen kertaan. Asia on ollut ajankohtainen aina ennen ja nykyään vielä enemmän, koska ei tajuta eron vakavuutta. Vaihdetaan vain kumppania ajattelematta siinä muuta kuin aikuisen mieltä. Ollaan niin hyviä mielestään ja ajattelemattomia, sitä juuri. Vaihtelun halu, jossa halut vievät omistajaa johonkin suuntaan, on piinaava lapsesta, joka ei usein myös näytä tunteitaan aikuiselle vaan kätkee ne yksikseen. Niin minäkin tein, en voinut uneksiakaan sanovani äidille, että en tykkää isäpuolesta tai tästä tilanteesta, joka oli mahdoton. Se kääntyi siten, että minä olin mahdoton, syyllinen eroon. Ajattelematonta aikuiselta. Vähän empatiaa lasta kohtaan, sekin auttaisi. Aikuinen tajuaisi lapsen suuren surun merkityksen avioerossa.

Ei ole helppoa kellään, varsinkaan lapsella, joka piilottaa asiaa niin hyvin kun pystyy. Sen sanon monen kymmenen vuoden jälkeenkin. Sehän on täysin vanhempien ratkaisu. Lapset eivät tee avioeroja, avoeroja, päätöksiä eivät tee ikinä. Vanhemmista se johtuu, heidän syytään, mikä kelläkin syynä. Aina löytyy syy, kun halutaan riidellä. Miksi on näin julma maailma vastassa aikaisin lapsella?

Tunsin sairaaksi itseni ja tunnen vieläkin. Se on ollut alitajunnassa koko nuoruuteni, kun menin hoitoon mielisairaalaan. Se oli oikea paikka minulle, olin hullu, syypää vanhempieni eroon. En tietenkään osannut avautua silloin minua painavista asioista. Liian kipeä aihe, on vieläkin. Varsinkin, kun äitini haki minut kotiin neljäntoista vanhana, pieneen rotankoloon, jota ei asunnoksi voinut sanoa. Kotona olikin vastassa isäpuoli kakkonen. Olin sanaton, mutta sopeuduin paremmin kun ensimmäisen isäpuoleni kanssa. Olin jo tottunut vanhempien eroon sekä isäpuoliin. Kakkosisäpuoleni oli ystävä vain, uskoisin niin äidin sanojen mukaan. Tämä kakkosmies oli monitaitoihminen: hoiti äitiäni, joka oli kipeä ja raihnainen keski-ikäinen. Tämä isäpuoleni oli elämässäni 15 vuotta, ja odotin, koska pääsen lähtemään pois. Isäpuoli kakkosella oli vaimo ja lapsia toisen kanssa, eli hän hoiti kahta perhettä.

Kapinoin, mutta kun pääsin pois, tapasin mieheni, jolle on lapsia, ja unohdin koko äijän. Inho ja kammo isäpuoltani kohtaan seurasivat niin kauan kun olin äidin luona. Kuluttava tunne. Aloin olla sen ikäinen, etten tarvinnut ketään, isää, saati sitten isäpuolta, joka oli äitini rinnalla loppuun asti. Hän salasi minulta sen, että äiti on kuolemaisillaan. En siis päässyt äitini kuolinvuoteelle. En tiedä, tahdoinko edes. En tarvinnut ketään vierasta miestä isän paikalle, isälläni oli paikka sydämessäni ykkösenä ja on edelleen, vaikkakin äidistä tuli tärkeä myös minulle.

Isäni oli tärkein henkilö elämässäni. olen aina koettanut luovia äitini juttuja. Isää ja äitipuolta ei ole tarvinnut sietää. Äidissäni oli hyvää jos huonoakin. Hän sai lakiuudistuksia eduskunnassa täytäntöön, meidän romanien asioita. Olen kuitenkin saanut tehdä neljä kirjaa, jatkosta en tiedä. Aika sen näyttää. Täytyy kiittää lasteni isää, joka oli omaa luokkaansa, sekä hänen äitiään kaikesta hyvästä elämässäni.

Tämä toinen isäpuoleni herätti minussa jonkinasteista kuvotusta. Hän oli niin isän vastakohta, ihme, kun ei lähennellyt sentään. Olinhan tärkeässä murrosiässä, jossa ottaa herkästi itseensä. Niinpä koin syvää toivottomuutta elämässäni. En tiedä, mitä veljeni tunsi. Näytti siltä, että me lapset sopeuduimme hyvin. Vanhin veljeni oli myös kaunainen.

Kyllä oli sulattelemista vanhempien takia vielä isonakin. Sitä ajatteli, mitä isä ajatteli äidistä, menettelyjen jälkeen. Varmaan jos olisi ryöstänyt toistamiseen äidin, selkään olisi tullut äidille. Kyllä niitä syrjähyppyjä on joskus, mutta minä ajattelin: eivät koskaan minun lapset joudu kärsimään isäpuolesta. Mikä sitten olikin niin, ei koskaan tarvinnut lasten kärsiä isäpuolesta, ei sen puoleen äitipuolestakaan. Sain miehen, jonka kanssa olin yli 30 vuotta, en pettänyt koskaan. Sain omasta lapsuudestani opin, miltä se lapsista tuntuu, kun vanhemmat eroaa. Sainhan minä selkääni häneltä ja kun viinaan menevä oli. Odotin, milloin muuttuu, ja muuttuihan hän, kun jätti tupakan ja viinan kokonaan nauttimatta.

$$\blacklozenge\ \blacklozenge\ \blacklozenge$$

Nyt olen vanha ja olemme vanhoja molemmat. Hän asuu kotonaan, kun minä asun palvelukodissa ja teen käsikirjoituksia kaikista aiheista, joita tulee mieleeni.

Olen tyytyväinen, että pääsin eroon isäpuolistani. Varsinkin tuskaisesta ensimmäisestä isäpuolestani, mikä oli kipein muisto lapsuudestani. Uskon, että olen selviytynyt kuitenkin. Saan toteuttaa lapsuudenaikaista unelmaa kirjailijan urasta.

Loppulause

Tämä on raskain aihe, jota olen käsitellyt, siksi sitä on niin vähän, seitsemän sivua. Tämä tarina on totta eikä fiktiota, raskain mielin kirjoitin. Kirjoitin kuitenkin. Kiittäen lukijoita, jos niitä on.

Helsingissä, Helli Karimus

31

31